文學の森

序

大き手に背中押されし涅槃西風

平成二十三年作。

東日本大震災の起きた年の俳句である。

あの日、日本人誰もが味わった深い悲しみ、神も仏も信じられぬような慟哭感に襲われた。ひとときは、神も仏も居ない、そんな無力感に襲われたのである。

そうなのだが、すこし落ち着きをとりもどして考えると、やはり大きな手をもち、ちいさな人間をひしと抱いてくれる神や仏は居たことに気づく。

　それは「涅槃西風」の吹く頃の、あの植物の復活や誕生を思わす風を感じる、かぐわしい前を向かずにはおられない風が人間世界に吹きわたるからである。

『風の会話』に収められた一句一句は、こうして、なにげない俳句が誠実に収められていて、本集を読み終ってみると、ふっと身のうちに生きてゆく勇気にみちてくる、といった一書である。

　作者古田旦子（以下著者と書かせていただく）さんは、大分県中津市で大分支部をたち上げた今は故人となった宇都宮靖氏の紹介により「港」へ入会している。

　作風はおおらかで背筋の凜とした俳句を詠む。著者とは、たしか二度三度会っているが、やはり凜とした姿勢が目に残っている。その姿をつたえている俳句を挙げる。

初仕事白衣の衿の硬さかな

著者は薬剤師として誠実に仕事を遂げている。「白衣の衿の硬さ」のたしかな表現に、仕事への誇りと責任感がまっすぐ現れていて心から共感する。

その朝の雪原にある無限大

「無限大」、俳句表現にはなじみにくい言葉だが、作者がどうしても使わなければ俳意が徹底しないと思い用いた。こう書いている筆者にも、この「無限大」と表わされたことで、白一色の広漠とした風景が目の前に現れるのである。

何事もなかつたやうに山法師

「山法師」が詩的に効いている。
山法師は山深い場所に思い出したように咲く白い花である。

その花が何事もなかったように、ごく静かに咲いている。それがまさに深山の景となる。せかせかと咲いてせかせかと散る。だからこそ深山にふさわしい。

まさに印象的な花で、この句の印象度をより鮮明にして、もうすこし深く言えば著者自身を彷彿とさせるものがある。

大声で笑ひたまへと肥後椿

「肥後椿」についてはつぶさに書けないが九州の椿と言うからには色が鮮やかで大輪の椿を想像させる。

それであるからこそ、笑える時位は、大声で胸を張って笑いたい。掲句の「と」は自分に言い聞かせたのか、言われたのか不明だが逆に「と」が語意をつよくしている。

何よりも地球第一溝浚へ

「溝浚へ」は水路や溝などの水をよくするために洗い浄める季節的な仕事だが、この句の共感できるところは「地球第一」である。

地球の汚れ、現代的に考えるならば例の放射能汚染であろう。この放射能汚染だけは、どうしても除かねばならぬものである。

『風の会話』は、さりげなく深い秀句が多く在る。このさりげなく深い味わいは、そのまま著者と通じ合うものである。

その俳句を鑑賞する。

荒梅雨に余命預けて抗はず

自制の効いた一句といえよう。

梅雨にしては激しい吹き降り、一抹の恐ろしささえ感じてしまう。まさに荒梅雨である。なまじの抵抗心は諦めて自然体に過ごそう。

著者の側から見て、「余命」云々は、すこし力が入りすぎているかもしれない。しかし著者の意志が、こう詠ませるのであって、かえって著者の処世感といったものが、しっかりと表明されている。

山小屋のはぐれ蛍は星になる

巧みな把握を思う。

山小屋の辺りに明滅していた蛍が、夜になると舞い上がる、「はぐれ蛍」が深みと哀れささえ誘う。

山小屋を利用した人でなければの発見があり共感をおこさせる。

甦る我が身をほめて更衣

身に恙があったのであろう。その恙もすこしずつほぐれていって、今は更衣ができる自分になった。

自分をほめる表現は、素直でまっすぐがいい。自分を励まし褒める句にためらいはいらない。

更衣したあとの気持の心地よさがつたわってくる一句と思う。

ひらがなのもつれ気になる寒見舞

よくわかり考えさせられる句である。

友人から寒見舞が来たが、字のもつれが、どうも気になる。その友の齢や置かれた環境まで、あれこれと考えてしまう。会って話してみたいが、それもできない。

自然体の表現が読者を同じ場に誘うのである。

夏草に青空天井くれてやる

思いきったメルヘンティックな表現となっている。

「くれてやる」が大胆ですがすがしい。ふだん、むさ苦しい感じの夏草は、あまり褒めて貰えないだろうから、せめて、あのせいせいとした青空天井をあげるとしよう。

旦子さんらしい、ざっくりとした好感にみちた一句である。

本書名の『風の会話』にふさわしい一句だが本集にはまだまだ『風の会話』にそった佳い句があり掲げる。

こぶし咲きこぶしの宇宙拡がりぬ
糸とんぼ今日を生きたる命かな
春風や方程式を易しくす
秘境ほど人にやさしき蛍かな
魂の昭和終らぬ終戦日
家中の時計狂はす蟬時雨
裸木を抜け出て風の勢ひづく
この国の行く先見えず凍返る
我もまたひとり戦ふ花粉症
薫風に預けし髪の長さかな
大の字を許してをりぬ夏座敷

木や草のため息聴こゆ処暑なりし
炎昼のドラマに筋のなかりけり
入道雲目鼻をつけてにらみあふ
彼岸花居心地の良き畦減りぬ

平成二十七年　秋日かがやく日

大牧　広

句集　風の会話*目次

挿絵　俳画紅鷗会主宰　鈴木紅鷗

襖の書　吉弘薫峰
装　丁　巖谷純介

句集　風の会話

初仕事

平成八年〜十三年

香水や近寄りがたき人なりき

平家琵琶筋書き通り月くもる

父の老い律儀に咲きし彼岸花

太刀魚の光くの字に竿たわむ

緊迫の白き手袋新松子

短日や納得いかぬ更年期

河豚ちりに和解の兆し見えにけり

仲裁に躓きしより悴めり

腹割つて話してみたき蜆汁

見極めをつけ進みたし鰯雲

曳山の正座してゐる冬日和

初仕事白衣の衿の硬さかな

生き方の下手をかこつや冷奴

五線譜の延長線上秋の空

二両だけのレトロ鉄道春田ゆく

薬効のからくり解けて山笑ふ

ほほづきの赤さを妙に咎めたし

末枯れやか細き父の息づかひ

遊ぶ靴働く靴や紅葉踏む

啓蟄や不満の種の湧き出でし

恋とげて草に落ちたる蛍かな

田を植ゑて一直線になる地球

ほうたるや蜷食む顔もほうたるか

蛍火の威力見せたる杉の闇

歓声の後押しありて虹二重

針金の地を刺すごとく時雨れけり

河豚刺や見透かされゐる胸の内

老仕度急がるる日や日脚伸ぶ

道場の空気はみ出し寒稽古

待春やねぢのゆるみしオルゴール

恋猫の声に凄味のましにけり

退職の机の広さ山笑ふ

麻酔より覚めたるまなこ燕飛ぶ

一瞬も無駄にはせずと電波の日

甦る我が身をほめて更衣

句集出来やる気の出たる雲の峰

家中の時計狂はす蟬時雨

マジックの種あかすごと障子はぐ

完璧な答がほしく月仰ぐ

祖母忌日でこぼこ多き柚子をもぐ

春の山

平成十四年〜十八年

大霜を被りて村の無口なり

田も畑も一枚になり霜光る

裸木を抜け出て風の勢ひづく

辛夷咲き庭に大空生まれけり

放流の鯉の大口山笑ふ

診断書の文字にくぎ付け梅雨に入る

鮒の群れ水面に喘ぐ大暑かな

異常気象梅雨雷の律儀なり

人の手の届かぬところ盆の月

温め酒寝つきの早さ競ひけり

この国の行く先見えず凍返る

我もまたひとり戦ふ花粉症

辛口の言葉の行方花山葵

薫風に預けし髪の長さかな

どくだみや延ばし延ばしの検診日

蛍群れ一山の闇解きにけり

つじつまの合はぬ話や秋扇

凍空に音の矢放つ救急車

恙なく生きて褒章冬銀河

柚湯して手足の自由いとほしむ

その朝の雪原にある無限大

藪椿何よりも好き母無言

放物線の如く生き春の山

大揺れの馬酔木の空の騒がしき

思ひつきり生きて悔いなし牡丹咲く

わさわさと風音作り楠若葉

争点に温度差のあり青嵐

大の字を許してをりぬ夏座敷

噴水の納得いかぬ高さかな

秋夕焼後出しじやんけん許しをり

還暦を祝ふ夫の背冬隣

御降りに神の領域拡がりぬ

雪掻す雑念すべて払ひのけ

春寒に予感のしたることのあり

握り拳開き一気に春になる

解決の糸口兆す春障子

天変地異そしらぬ顔の春の海

散り急ぐ花に心のありやなし

誰が曳くや天のくすだま花吹雪

本堂の梁の居心地燕来る

雨乞ひの蛙の声に力なし

息止めて入道雲に突進す

露草の一期一会を常として
木や草のため息聴こゆ処暑なりし

思ふままあぐらかきたる唐辛子

金木犀纏れし糸のほぐれけり

かさかさと落葉の嘆き掃き集め

北風やおでんの旗の宙返り

指揮棒の残像にある冬の川

雪の朝街中無口になりにけり

一日中手脚捕はる掘炬燵

初詣禰宜の白絹風を切る

松納め平衡感覚とりもどす

寒木瓜の棘に見つけし突破口

ひらがなのもつれ気になる寒見舞

春日和煙まつすぐに空に溶け

寒戻り昨日の元気保証せず

思惑のちがひさておき山笑ふ

この思ひどう伝へるや肥後椿

針孔にまどろみみつけ日永かな

苗木市売り手の声の乾きをり

引き算の多き毎日春の風邪

陽炎や還暦の朝ついに来し

夏草の勢ひほしき時もあり

早苗田や空の機嫌を映しをり

紫陽花と雨音の他何もなし

炎昼のドラマに筋のなかりけり

これ以上これ以下もなし夕端居

ひぐらしや暑さの出口見つけたり

もず高音一大決心してをりぬ

行く秋や足し算されし赤信号

わだかまりすこんと抜けし秋の空

還暦の笑顔でゐたし吾亦紅

処方箋のなき国なりき懐手

七夕竹

平成十九年〜二十一年

「よいしよ」とは膝の叫びや寒に入る

鴨浮きて何を思ひし寒日和

赤き実の受難の日々や春鳥来

耕人のとけこむ土の黒々と

往生際の悪きこと弥生尽

春雷に呼び覚まされし地上かな

母の眼の奥にあるはずこの桜

田水張りいよいよ琵琶湖近くなり

一日の重さしみじみ新茶くむ

胸中の安らぎほしき麦の秋

黒南風や問題多きことばかり

七夕竹重き願ひに耐へかねし

黒日傘不安隠すにことたりず
蟬しきり生きる証の見せどころ

虹張つて歓声丸く沸きたちぬ

夕虹に天界ありて棒立ちす

舞台袖出番うかがふ曼珠沙華

爽やかや津軽三味線天翔る

講釈てふ念仏ありて墓掃除

もみぢの赤さ足りぬ還暦同窓会

からうじて責任果たす銀杏黄葉

残菊や母のまなざし動かざる

冬木の芽明日のはからひ着々と

落葉掃くこの世の悪をひとまとめ

懐手の福翁の眼やまつすぐに

百超えて正座となりし除夜の鐘

屠蘇くみて万能細胞ふやしをり

雪積みて街は無口になりにけり

大発会数字ころころ事務始め

歌留多取り男はなぜか歴史好き

不覚にも風邪入る隙間みせにけり

宣告の重さに耐へし寒牡丹

冠水に耐へし植田の面構へ

この地球病みてゐるらし蟻地獄

十薬咲く七十五歳に底力

荒梅雨に余命預けて抗はず

風死して抗ふことのなき手足

早起きし檄飛ばしたる蟬時雨

紫外線かくなる上は黒日傘

秘境ほど人にやさしき蛍かな

揚花火闇より投網打たれたる

山小屋のはぐれ蛍は星になる

ほうたるの道案内で足りる里

コンクリートの感触いかにちちろ虫

裏表のなき青さなり秋の空

逆風に処方箋なし鵙哮る

老斑を見つけてよりの夜長かな

渋皮煮甘さは母の思ひかも

赤とんぼ群れて淋しさ忘れたり

緒形拳秋夕焼に還りたる

かさこそと街のため息黄落期

樟脳も受診に加ふ秋扇

返り花師弟でありし日を懐古

小春日の真ん中にある指定席

解答は一つにあらず懐手

押し寄せる不況に耐へし冬の蝶

雪山や夕日を浴びてはにかみぬ

水平線波生むたびに春になる

ひらがなの自由奔放ゆるす春

ほろ苦き巣立ちの春の置土産

無視できぬ土筆二本や散歩道

戦のごと津軽の撥や牡丹散る

抽斗の浴衣に母を重ねたり

秒針の音の世界や梅雨晴間

係累の多きを託つ雨蛙

ゆさゆさと大笑ひする楠若葉

鉛色映し植田の悲哀かな

男梅雨否応なしの丸洗ひ

蛍火の指揮者はきつと山の精

鰻屋の白煙をはく換気扇

夏草や登りつめたるそのあとは
魂の昭和終らぬ終戦日

あれこれと阿修羅の如き夏の陣

曼珠沙華せめてまつすぐ生きるべし

病経て命に色や秋深し

数の子の処理して素性糺しをり

今日を賜ふことの重さやおでん鍋

あさがほ

平成二十二年〜二十四年

買初めの財布の縁起信じたし

乳鉢の重さしみじみ初仕事

凍滝に貼り付けられし時間かな

ポケットの中の幸せ寒波来る

初冠雪名もなき山に神宿る

春の雪明暗分けし掲示板

春立つや鷗は群れて旋回す
芝桜方程式を解くやうに

定刻の試歩に出会ひし夏燕

窓よりの薫風居間に留まらず

夏祭魂背負ふ法被かな

何事もなかつたやうに山法師

青葉雨花弁の白さ極まりし

山里に百万ボルト蛍の火

香水を使ひて背すぢ伸ばしけり

秋の海かもめは陸を向きたがる

月観るに椅子のひとつもあればよし

朝顔の笑顔みたくて咲きたがる

団欒の案山子の家族昭和なり

農作業案山子がこなす日曜日

芒原スカーフの風の色白し

立冬の芝に疲れの色見ゆる

電飾の枯木の叫びなだめたし

忙中の閑ひた探す師走かな

凩や路地に楔の打ちこまれ
その先に光をためし冬木の芽

家の顔注連飾りして整へし

目印になりし水仙楚々と立つ

老斑のまたひとつふえ寒戻る

整列せし椿の苗木無口なり

大声で笑ひたまへと肥後椿

黙禱で始まる会議春遅し

被災地の復興あれかし草萌ゆる

揚雲雀空はいいことあるらしき

大き手に背中押されし涅槃西風

ポピー揺れ五線飛び出す音符かな

新樹光あしたの元気秘めてをり

青嵐診察券のまた増えし

鯉のぼり足りぬを知らぬ現代っ子

代掻の空を濁してもどりけり

夏草に青空天井くれてやる

香水や別人になる心地せり

十薬よ放射能毒消し給へ

蟬時雨この世の音をかき消して

入道雲目鼻をつけてにらみあふ

がんばらうひまはりの空無限大

あさがほのまとふ空気の凜として
ひぐらしの連れ来る夕に重さなし

月見酒恙なきこと肴にし

黄昏に抗ひてをり秋夕焼

駆けぬけし六十余年秋の葬

萩の手の重さに耐へし白さかな

出遅れし秋の疾走止めてほし

秘め事の出来ぬ性なり金木犀

秋落暉小澤征爾の執念か

電飾にそそのかされし枯木かな

熱燗のすりぬけし後の五体かな

一瞬のらふそくの揺れ冬の葬

こりこりと背中の悲鳴師走かな

五年日記求めるに要る勇気かな

風花やまばたきしばし忘れをり

照明の腕競ふごと春の海

黒スーツ保護色めくや春動く

幾世紀しなやかなりし雛の眼

愚痴話さらりとかはし夏に入る

聖五月水平線に定規あて

何よりも地球第一溝浚へ
天体の不思議をよそに紫蘭かな

夜の蟬じいと鳴きゐて眠りけり

戸締りの二重三重アマリリス

炎帝のかたち現はるアスファルト

コスモスの風に抗ふこともなし

引き算の秋に入りたる庭の木々

彼岸花居心地の良き畦減りぬ

白萩の裏木戸ふさぐ風となり

大の字でうけとめてゐる秋の空

青天や稲穂色づくああ日本

伸びしろの残りを信じ文化の日

後悔はしない信条返り花

鋤焼や日常で過ぎし婚記念

山の端に残りし元気冬夕焼

手帳より予定はみ出し紅葉散る

電飾と競ふことなし冬銀河

裸木や否応なしの電飾着

青空の裏側にある時雨かな

小春日の穏やかならぬ主婦日和

柚湯する至福の時のふくらみぬ

除夜の鐘由緒正しきひびきかな

年の暮

平成二十五年～二十六年

ひび割れて威厳放つや鏡餅

腹筋の引きしむ音す寒稽古

九州の雪山光る高速道

赤き花に期待をこめし種袋

白梅や居住まひ正し立ちすくむ

こぶし咲きこぶしの宇宙拡がりぬ

初音して清しき空気思ひきり

おぼろ夜や膝崩すこと許されよ

燕来る藁くづの理由知り得たり

楠若葉街が大きくふくらみぬ

どくだみの自己主張めくにほひかな

田を植うる作業着いろいろ残業めく

梅雨入りや逃れやうなき鉛色

ひそひそと植田侵略する宅地

撒水に石の熱気の逆上す

夕立や空は青さをもどしけり

糸とんぼ今日を生きたる命かな

小さき秋躓きてより本番に

秋風やそここのものなでてゆく

気掛りな御霊の重さ茄子の馬

流れ星願ひ届かぬ速さかな

色鳥来垣根のありてなきがごと

冬の虹今日をいただく命かな

紅葉して庭にふくらむ京景色

鈍色の空の鬱聞く年の暮

寒風にさらされしまま薔薇一輪

ふぐちりの庶民の食でありし頃

マスクして無口行き交ふ交叉点

ふつふつと微笑みはじむ里の梅

下萌えの畦道やる気湧いてきし

春霞隣の国のしわざなり

春風や方程式を易しくす

天に地に風の芸術落花かな

遠足の子ら凸凹や土手長く

東北の桜は音をたてて開く
新緑の深みにはまる妖しげに

新緑や白内障の眼にあまる

記憶力低下の一途や麦の秋

横柄に空を占拠の楠若葉

老鶯の歓迎受けし食事会

梅雨空の頁めくりて深呼吸

今年また父の日地味に過ぎにけり

一面の植田の空気吸ひきれず

打ち水に地球を冷ます力なし

足し算も引き算もあり半夏生

青空をかき混ぜてをり蟬時雨

蜘蛛の囲の人絡めたる威力かな

胸拡げ背すぢ伸ばすや今朝の秋

虫の音を聞きわけし日の里や今

芒活け野の風賜ふ座敷かな

前線を押し上げ今日の月見かな

月見する老いも若きも無心なり

月の矢に射られしごとく立ちすくむ

柿熟れて威風堂々の大木に

煌めきの星の降るごと銀杏黄葉

団塊の世代が埋めし紅葉山

荘厳さ極めてをりぬ銀杏黄葉

父・米谷 玄遺作品

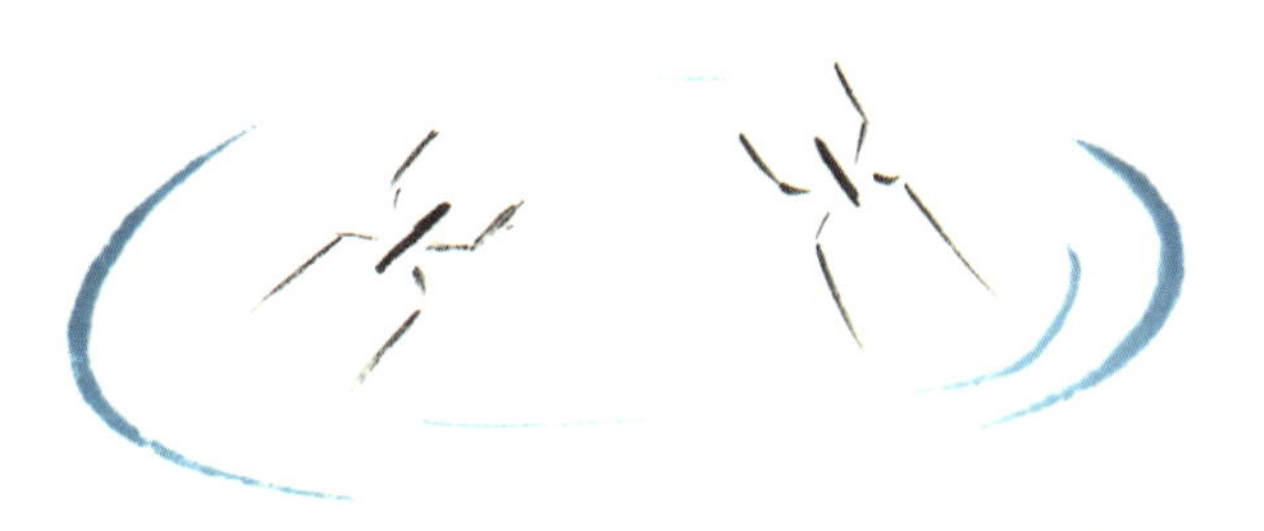

春を待つ心徒然草を読む

迎春の一文を又読みはじめ

「芹」一月号

雨が又雪となりゐし一忌日

鵙はるか蕾菜舟の尚ほはるか

一汁も一菜もこれ蕨なり

ぜんまいを蕨を採りてたつきとし

紫の一かたまりの桔梗の芽

柿の芽の遅しおそしと主いふ

雛壇のひなのまなざし皆かなし

うすく描く三ヶ月眉の女雛

おかっぱの五人噺の雛かな

啓蟄の雨の土砂降りとはなりし

もの芽出づ土塊一つづつつけて
あるときは蝶の如くに旅気まま

沈丁の蕾やうやく紅ほのか

二つ宛〳〵茶摘籠重ね

フリージヤを好きといふ娘の不倖

朧夜の硬山遠くありにけり

蝌蚪の田に映れる由布をかへりみる

春惜むこころに鐘を一つ撞く

龍安寺

石庭の白砂卯浪の如くにも

叩きつけられるがごとし男梅雨

行くほどに瀧の谺す若葉かな

六十を一つこしけり夏に入る

柿若葉して梵鐘の新しき

まひまひの二つ水輪の合ふところ

短夜の一香煙を絶やすまじ

住み馴れし寝屋川市を引揚ぐ

暑き日の妻逝きし町さやうなら

一八の初花見しと日記書く

山梔子の蕾濃みどり薄みどり

洞門も耶馬の女も明易き

すたれゆくものに苗籠苗配

筆塚の大小三つ明易し

老僧の白扇の手をゆるやかに

しばらくは瀧音に眼を閉ぢ憩ふ
顔なかば隠れるほどのサングラス

夏萩のほころびそめて紅ほのか
一本の向日葵を供華原爆忌

雁渡るはるかかなたに荼毘煙り

己が影追ひつゝ秋の蝶去りぬ

月を待つ筆も硯も新しく

魂抜けしごとくに白き彼岸花

人多し大秋晴の洞門に

粧ひし大刈込の上の由布

稲架立ちて耶馬も愈〻紅葉どき

鵙日和耶馬はこれより人多し

大障子貼り替へてゐし大雅堂

残菊を手向けし姉の忌も近し

末枯るゝものばかり見て耶馬の旅

何も彼も末枯るゝもの枯るゝもの

枯るゝもの末枯るゝもの皆親し

末枯るゝ湖北に住むと人伝に

沢山な八重山吹の返り花

英彦の雪見て冬支度する慣ひ

かくて又時雨る丶母の忌日かな

百本の枯木といふも皆欅

忘却の二字につきると菊を焚く

寒林に冴す瀧の見えて来し

一人娘旦子嫁ぐ日愈〻近し

娘の一喜父の一憂日短

帝政にあこがれ狩をたつきとし

暫くは長城に沿ひ枯野馬車

流れくる物を纏ひて水草生ふ

啼き交す鵯の陵とはなりし

降りつゞく鴨翔ちつゞく鴨の陣

散り了へし銀杏の空の碧き日々

枯れて折れ枯れて突つ立つ芭蕉かな

石蕗咲いて脚長蜂のとぶことよ

鬼やらふ五彩の豆をまきちらし

紅白の飾撞木や鐘供養

開け放ちテーブル一つ夏座敷

一切の供華を萩とし萩の寺

をり〳〵に蝶飛ぶ紫苑日和かな

雪深き湖北に住むとのみ聞きし

初蝶を見し後雨の日多し

葉芽花芽ひと雨ありてそれらしく

蟬鳴きて遠くなりけり終戦日

木犀に真澄の空の昨日今日

殺到す人も車も耶馬の秋

残菊にまた〳〵雨の忌日かな

笹子鳴き波おだやかに響灘

一面に霜烟りして春立ちぬ

春雷の一閃ビルを貫けり

今日となり昨日となりし春惜む

國東は佛の里よ金鳳華

奥耶馬もいま田打寒苗代寒

都草咲くや疎開のこといまも

点滴にすがる命の明易し

裏由布の遠く見ゆ日の稲架日和

吾が古稀の夢を秘めたる新暦

菜の花に観世音寺の鐘を聞く

裏比古の朝ゆふべの若葉寒

海峡の汽笛さま〴〵明易き

譲られし席にも西日差して来し

己が影踏み炎天を托鉢す

白萩の枝垂れし先へ先へ花

うちつゞく服喪の中の羽子日和

青き枝の一輪二輪梅早し

探梅や早瀬にそひて耶馬に入る

点滴の春光一滴づつにとぶ

甘藷挿し島は貧しき隠れ耶蘇

忌の明けし心涼しき白木槿

白萩のやうやく青くつぼみけり

潦ありて水浴ぶ稲雀

稲架とれて由布の眺めの遥かなり

耶馬の嶺々尖り競ひて眠りけり

花の影ふれあふところ殊に濃く

國東の石佛に春惜みつゝ

若葉冷きびしき英彦の坊の朝

梅雨冷を託つ百姓のみならず
水引の色もえて来し雨に濡れ

紅葉して奇岩奇峰の屹立す

初空や雪の裏英彦ちらと見ゆ

母の忌の又もその日の如く雪

紅の萼みどりの萼の梅遅速

金鳳華こゝより佛の里とかや
玉垣の下春潮の渦を巻く

引く綱に薫風そよぐ除幕かな

深耶馬も日田の泊りも若葉寒

國東も西國東も麦の秋

今生れし蟬の命の青く透け

白萩の散りしく雨の甃

寄り添うて仰ぐ十日の耶馬の月

この句碑に粧ふ由布の遙かなり

古里のこの道こゝに犬ふぐり

句集　風の会話　畢

あとがき

私が俳句を始めたきっかけは、父の老いに寄り添ったことからです。

今思えば、私が大学に入って帰省した折に、父の書斎の机に「ホトトギス」「馬酔木」を見たことがありました。門外漢の私ですから当然、それらの本を開くことなどなかったのです。ただ、私が京都の大学生だったことで、父とお寺巡りをよくしました。その際に道端の小さな雑草の名前などにちょっとした説明を〈道のべの木槿は馬に喰はれけり　芭蕉〉などと、俳句を絡めて話してくれました。（この句はなぜか心に残っております）。四季折々の変化を敏感に感じて、十七文字に纏めるという俳句のすばらしさに少し興味を持ったことは否めません。

結婚して主人の関係でライオンズクラブの「月見例会」で俳句を出すということがあり、父に相談し、初めて自分で作った句が、その会の選者（「沖」同人）に採っていただけたのです。丁度そのころ父は持病の糖尿病で視力が衰え脚力も弱って、外出し吟行することがなくなり、気力も衰えていくようでした。そこで、父に俳句を見てもらって父を元気づけようと思い立ちました。今は亡き宇都宮靖先生の、中津市の豊田公民館句会を知り、入れていただきました。そして「港」に入会させていただいた次第です。大牧広主宰のテーマ「生きる証を詠む」は、難しく、なかなか思う句ができませんでした。しかし、続けることに意義があると、自分なりの言い訳をして今日に至っております。

薬剤師を生業にしております関係上、水曜日の午前中という時間のハードルは高く、欠席投句をすることも多かったです。豊田公民館の句友の皆様の寛大な心に励まされ今日まで続けてこられましたことに感謝申し上げます。

来年は古希を迎えます。主宰のお勧めもいただいたことで句集をと思い立ちました。自分史というつもりでの上梓に、父の句も載せたいという希望も快く叶えていただきました。

主宰に於かれましては、詩歌文学館賞、与謝蕪村賞、俳句四季特別賞の三賞を受賞されるというメモリアルな時に重なり、大変ご多忙の折にも関わらず、温かい身に余る序文、『風の会話』という素晴らしい句集名もいただきましたことに深く感謝申し上げます。

これを機に、これからは少し俳味のある句、そして、生きる証の自分史を綴っていけたらいいなと思うところです。

出版に当たり、俳画の鈴木紅鷗先生には、おいそがしいところ、貴重なお時間を割いて素敵な挿絵を描いていただき、身に余る光栄に存じます。心より感謝申し上げます。

また、吉弘薫峰先生には、ご揮毫いただきました書を掲載することに快くご承諾いただき、第一句集を、より想い出深いものにすることができました。この場を借りてお礼申し上げます。

平成二十七年九月　中秋の名月を眺めながら

古田旦子

米谷　玄（こめたに・ひろし）

大正三年十一月、福岡県豊前市生れ

昭和三十二年頃より、高野素十を師とし「芹」に投句。俳号、秋風子

のちに水原秋櫻子の「馬酔木」に投句。俳号、玄（ひろし）

「ホトトギス」にも投句。平成十一年十月逝去

吉弘薫峰（よしひろ・くんぽう）

昭和三十一年、大分県生れ。昭和六十二年、第十九回日展入選

平成十二年、北九展中国総領事館賞。平成二十一年、大分県美術展書道大賞

大分県美術協会委嘱会員、北九書の祭典招待作家

大分県書道教育研究会常任委員、大分合同新聞文化教室講師

鈴木紅鷗（すずき・こうおう）

昭和五年、愛知県生れ

ＮＨＫ「おしゃれ工房」出演。「ＮＨＫ俳壇」に俳画講座連載

カルチャースクール、飛鳥Ⅱワールドクルーズ俳画講師

著書多数。句集に『正座』。俳画紅鷗会主宰

著者略歴

古田旦子（ふるた・あきこ）

昭和二十一年　福岡県に生る
昭和四十八年　結婚、婚家家業に就く
平成　八　年　宇都宮靖に学ぶ
平成　九　年　「港」大牧広に師事
平成二十　年　「港」未明集同人
平成二十六年　「港」暁光集同人
現　在　　　　有限会社古田薬局池永店管理薬剤師
　　　　　　　現代俳句協会会員、大分県現代俳句協会会員

現住所　〒八七一－〇〇一二　大分県中津市宮夫三四－一

句集　風の会話

発　行　平成二十八年二月十八日
著　者　古田旦子
発行者　大山基利
発行所　株式会社　文學の森
〒一六九-〇〇七五
東京都新宿区高田馬場二-一-二　田島ビル八階
tel 03-5292-9188　fax 03-5292-9199
e-mail　mori@bungak.com
ホームページ　http://www.bungak.com
印刷・製本　竹田　登

ISBN978-4-86438-497-1　C0092